हवलदार बहादुर और किलर झपाटा
एक दिन–
आंय! आज इतनी जल्दी लौट आए?
आज मैं फिर सस्पेंड कर दिया गया हूं।
ही... ही... ही...! सच?
इसलिये कि इसी बहाने हम कहीं घूम-फिर आएंगे।
हां, लेकिन इसमें ही... ही... ही... की क्या बात है?
लो सुन लो इस मोटी की बात।
तभी–
फूफा! मैं भी थारे संग घूमणे चलूंगा।
ओय चुपकर। मैं सस्पेंड कर दिया गया हूं, तुम्हें घूमने की पड़ी है।
बिदक क्यों रहे हो फूफा? क्या बावला कुत्ता काट गया है। ही... ही... ही...!
बकवास बंद कर और एक गिलास पानी ला।

टुण्ड जब पानी लेने चला गया—
तुम टुण्ड को डांटा ना करो जी। वह मेरे भाई का बेटा है।
होगा। मेरा बस चले तो तेरे भाई को ऐसा नालायक बेटा पैदा करने के अपराध में अंदर कर दूं।
ही... ही... ही...! सस्पेंड होकर आए हो, इसलिए ताव खा रहे हो। जरा बताओ तो इस बार क्यों सस्पेंड किया है तुम्हें?
हां फूफा, बताओ। मैं भी सुणूंगा।
किलर झपाला नाम का एक खूंखार अपराधी मुझे गच्चा देकर निकल भागा। इसी बात पर उस ससुरे खड़गसिंह ने मुझे सस्पेंड कर दिया।
मगर झपाला ने तुम्हें गच्चा कैसे दे दिया जी?
मुझे किलर झपाला को अदालत ले जाने का भार सौंपा गया था...
ओय झपाला। रास्ते में कोई गड़बड़ की तो हवालात में सड़ा दूंगा साले।
बेकार ही डर रहे हो हवलदार जी। मैं तो बहुत ही शरीफ आदमी हूं।
मगर इंस्पेक्टर खड़ग सिंह ने कहा है कि तू बड़ा खूंखार अपराधी है।

मुख्य सड़क पर पहुंचने के लिए हम एक गली में घुसे...
यहां सन्नाटा है। हवलदार को दिन में तारे दिखवाता हूं।
झपाटा ने चलते-चलते अड़ंगी लगाई...
ओय...!
धड़ाम
तड़ाक
ओय! रुक जा...!
...मैंने काफी दूर तक उसका पीछा किया, मगर वह हाथ नहीं आया। इसी बात पर खड़गसिंह ने मुझे सस्पेंड कर दिया।

फूफा, अगर तुम म्हारी तरह पहलवान होते तो वह तुम्हें पटखनी न लगाता। इब भी म्हारी बात मान लो, म्हारे से पहलवानी के दांव-पेंच सीख लो।
ओय! मैं ऐसे ही किसी से कम नहीं। कोई ससुरा मुझे छू भी नहीं सकता।
एक घंटे बाद-
ओय टुण्ड, जाकर देख तो।
खट... खट... खट...
खुद ही देख लो फूफा। मैं तो कसरत करने जा रिया हूं।
उल्लू का पट्ठा! कभी मेरा आदेश नहीं मानता।
गुर्र... गुर्र।
फिर जैसे ही दरवाजा खोला।
तड़ाक
आह!
पहचाना मुझे? ही... ही... ही...!
हवालात में सड़ा दूंगा साले! झापड़ क्यों मारा?
ही... ही... ही...! नाराज क्यों हो रिया है यार? मैं तेरे बचपन का दोस्त टमला हूं।

टमटा ? मेरा तो इस नाम का कोई दोस्त नहीं है।
ही... ही... ही! तो तेरी भूलने की आदत गई नहीं। अच्छा, अभी याद दिलाता हूं।
तड़ाक
अबे ओय...!
अब याद आया ? ही... ही... हीं...!
तेरी तो...!
ओय! क्या करता है महेशी? पहचान मुझे, मैं टमटा हूं।
टमटा के बच्चे, मैं महेशी नहीं हवलदार बहादुर हूं।
ह... ह... हवलदार! तो क्या यह महेशी का घर नहीं है?
महेशी का घर बराबर वाला है। तूने उसके धोखे में पुलिस को ठोंक दिया।
ग... गलती हो गई जी। मैं बीस साल बाद महेशी से मिलने आया हूं, इसीलिए पहचान नहीं सका।
मगर मैं तुझे छोड़ूंगा नहीं।

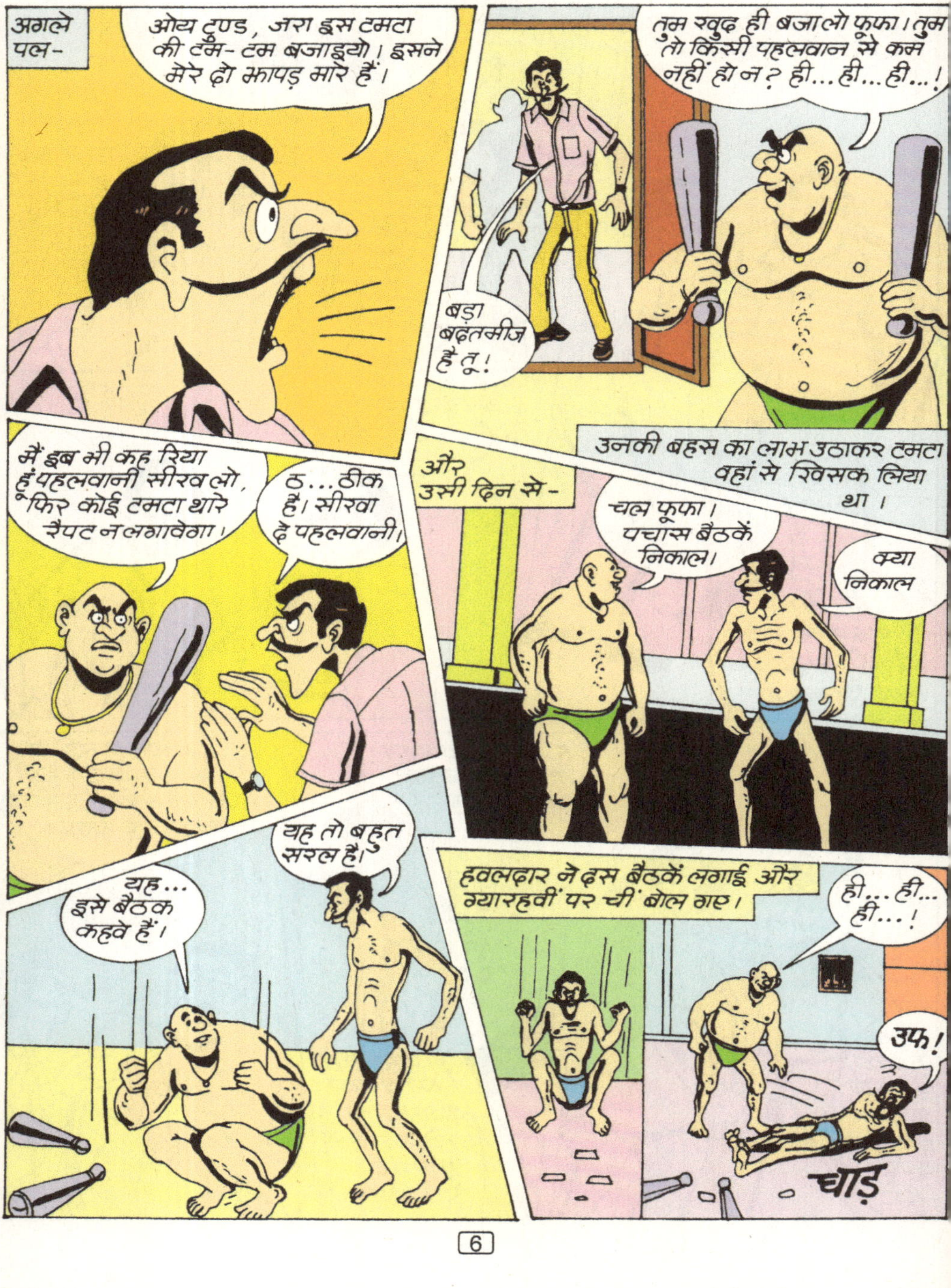
अगले पल-
ओय्य टुण्ड, जरा इस टमटा की टम-टम बजाइयो। इसने मेरे दो झापड़ मारे हैं।
तुम खुद ही बजा लो फूफा। तुम तो किसी पहलवान से कम नहीं हो न? ही...ही...ही...!
बड़ा बदतमीज है तू!
मैं इब भी कह रिया हूं पहलवानी सीख लो, फिर कोई टमटा थारे रैपट न लगावेगा।
ठ...ठीक है। सीखा दे पहलवानी।
उनकी बहस का लाभ उठाकर टमटा वहां से खिसक लिया था।
और उसी दिन से-
चल फूफा। पचास बैठकें निकाल।
क्या निकाल
यह... इसे बैठक कहवे हैं।
यह तो बहुत सरल है।
हवलदार ने दस बैठकें लगाईं और ग्यारहवीं पर चीं बोल गए।
ही...ही... ही...!
उफ!
धाड़

ओय टुण्ड! मुझे उठा, घुटने मुड़ गए हैं।
ड्रामेबाजी न करो फूफा। उठकर पूरी पचास बैठकें निकालो, वरना फूफी से कहकर थारी रोटी बंद करा दूंगा।
और फिर–
हफ... हफ...
ही...ही...ही...! शाबाश फूफा!
रात को–
हाय मर गया! टांगें फटी जा रही हैं। बहुत मेहनत कराई टुण्ड के बच्चे ने।
चुप होकर सो जाओ। टुण्ड जो कर रहा है, तुम्हारी भलाई के लिए है।
अगली सुबह–
फूफा, आज मैं तुम्हें पहलवानी के कुछ दांव सिखाता हूं।
सिखा दे...!
तो तुम जरा म्हारे को पकड़ने की कोशिश करो।
अभी पकड़ लेता हूं।

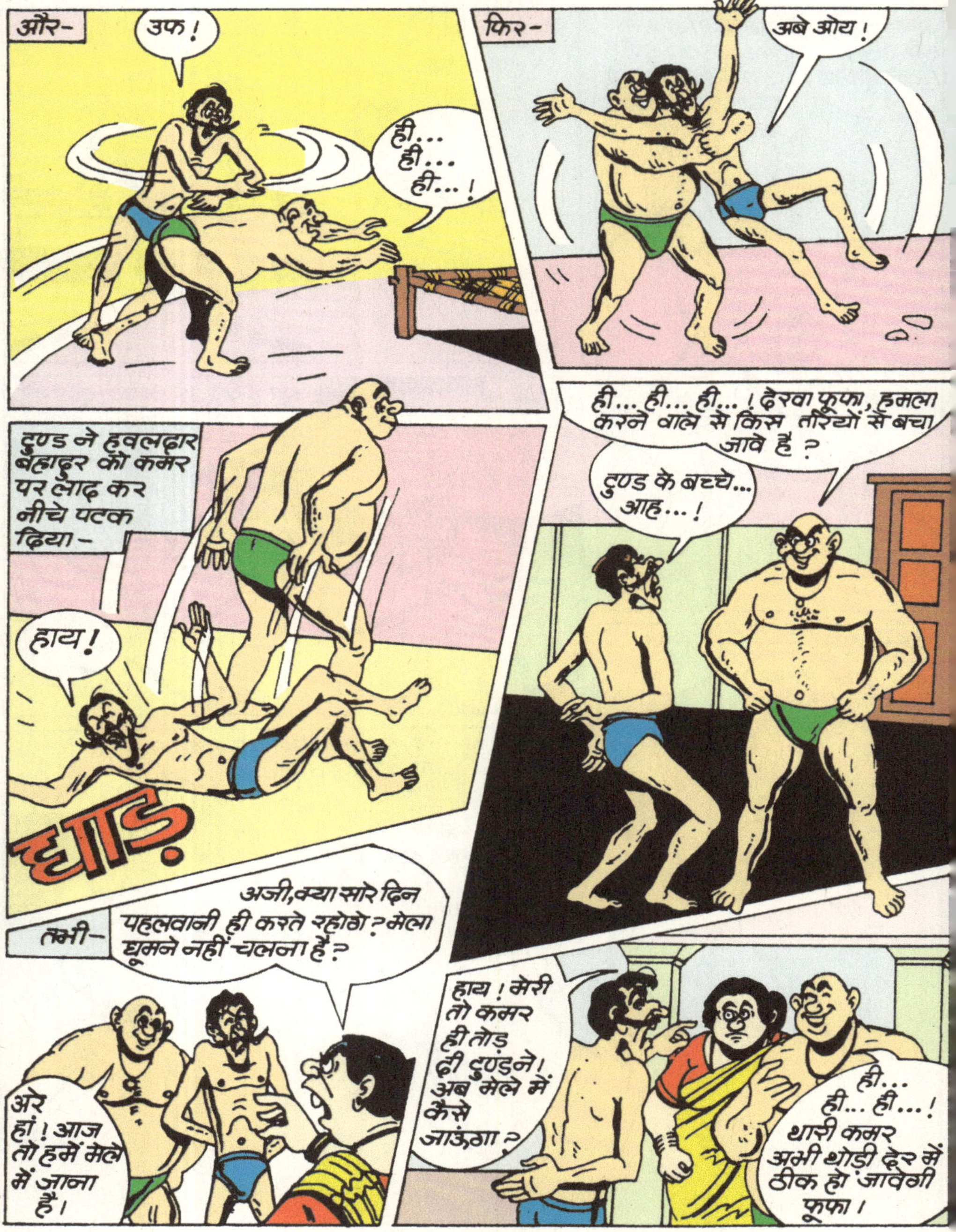
और–
उफ !
ही...
ही...
ही... !
फिर–
अबे ओय !
टुण्ड ने हवलदार बहादुर को कमर पर लाद कर नीचे पटक दिया–
हाय !
धाड़
ही... ही... ही... ! देखवा फूफा, हमला करने वाले से किस तरियों से बचा जावे है ?
टुण्ड के बच्चे... आह... !
तभी–
अजी, क्या सारे दिन पहलवानी ही करते रहोगे ? मेला घूमने नहीं चलना है ?
अरे हां ! आज तो हमें मेले में जाना है।
हाय ! मेरी तो कमर ही तोड़ दी टुण्ड ने। अब मेले में कैसे जाऊंगा ?
ही... ही... ही... ! थारी कमर अभी थोड़ी देर में ठीक हो जावेगी फूफा।

और थोड़ी देर बाद–
मैं तो झूला भी झूलूंगी।
ओय! तेरे बोझ से झूला बैठ जाएगा।
ही... ही... ही...!
झूले की तरफ जाते हुए।
आंय! डॉक्टर ताबड़-तोड़ सबकी समस्याओं का समाधान भला कैसे कर सकता है?
अगर आप किसी समस्या में फंसे हैं तो तुरंत भीतर चले आइए। सिर्फ पांच मिनट में आपकी समस्या का समाधान हो जाएगा।
डॉ. ताबड़-तोड़
इस ताबड़-तोड़ से तो मिलना चाहिए फूफा।
ठीक है।
स्टाल के भीतर–
आइये... आइये! क्या आप तीनों अपनी समस्याएं लेकर आए हैं?
क्या तुम ही तोड़-ताबड़ हो?
ताबड़-तोड़ कहिए श्रीमान। मैं हर समस्या का चुटकी बजाते समाधान ढूंढ़ लेता हूं, इसलिए मेरा यह नाम पड़ गया है। ही... ही... ही!
तो फिर म्हारे फूफा की समस्या का भी ताबड़-तोड़ समाधान कर द्यो। इन्हें महीणे में छ: बारी नौकरी से निकाल दिया जावे है।

लो, समाधान हो गया।
जल्दी बताओ।
तुम नौकरी छोड़ दो। फिर भला तुम्हें कोई कैसे निकालेगा? ही... ही... ही... ही...!
हवालात में बंद करके सड़ा दूंगा साले। यह भी कोई वोहुआ... क्या कहते है...?
समाधाण फूफा।
हां, समाधान! तो ताबड़-तोड़ के बच्चे, तू इस तरह के समाधान करके लोगों को उल्लू बनाता है।
मैंने आपको उल्लू बनाने के लिए खुद तो नहीं बुलाया श्रीमान्! आप स्वयं ही मेरे स्टॉल पर आए हैं। समाधान नहीं चाहिए तो फूट जाइए।
साले, अगर मैं ड्यूटी पर होता तो तुझे अंदर कर देता।
चलो जी, इस पागल से उलझने की जरूरत नहीं है।
हां, दो पागलों को आपस में उलझना भी नहीं चाहिए। ही... ही... ही...!
एक जगह-
ओए फूफा! देखो कुश्ती हो रही है।

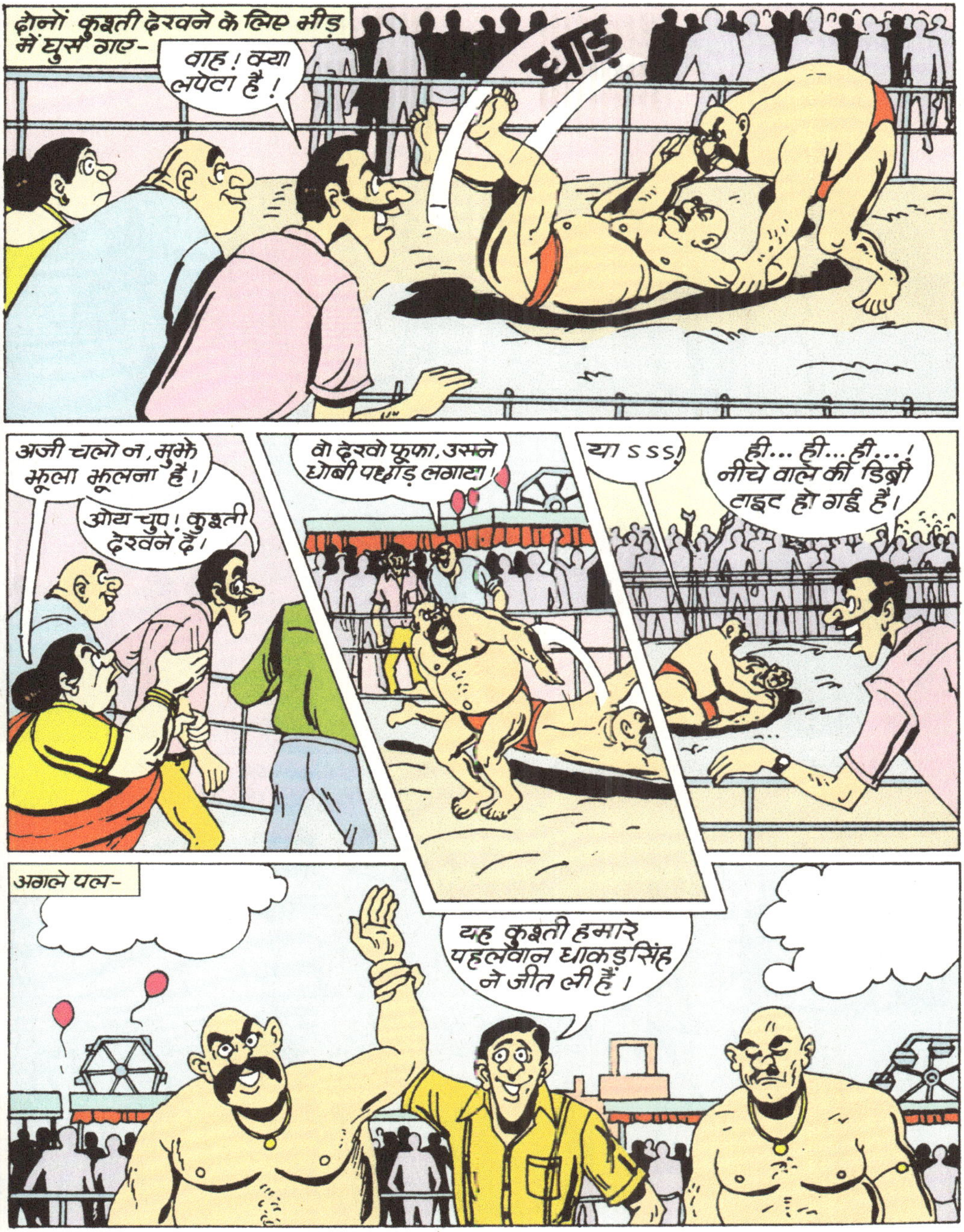
दोनों कुश्ती देखने के लिए भीड़ में घुस गए-
वाह! क्या झपेटा है!
धाड़
अजी चलो न, मुझे झूला झूलना है।
ओय चुप! कुश्ती देखने दे।
वो देखो फूफा, उसने धोबी पछाड़ लगाया!
या SSS!
ही... ही... ही...! नीचे वाले की डिब्बी टाइट हो गई है।
अगले पल-
यह कुश्ती हमारे पहलवान धाकड़सिंह ने जीत ली है।

यह धाकड़सिंह तो बहुत बड़ा पहलवान लगता है।
ओय फूफा। मैं तो इससे बड़े-बड़े पहलवानों को देख चुका हूं।
तभी-
हमारा चैलेंज है कि अगर कोई धाकड़सिंह को हरा देगा तो हम उसे दस हजार रुपये इनाम में देंगे। आप में से जो चाहे धाड़कसिंह से लड़ सकता है, लेकिन कुश्ती लड़ने की फीस पांच सौ रुपये जमा करानी होगी। कुश्ती हारने पर यह पांच सौ रुपये वापस नहीं मिलेंगे।
दस हजार रुपये का इनाम! क्यों टुण्ड, जमा करा दूं पांच सौ।
करा दो फूफा। ही... ही... ही...!
और फिर-
यह लो पांच सौ।
आंय! तुम लड़ोगे?
हा... हा... हा...! यह मच्छर मुझसे लड़ेगा?
हा...हा...हा...
ही...ही...ही...
हवालात में सड़ा दूंगा सालो। मैं हवलदार हूं!
ओह! फिर तो यह कुश्ती मजेदार रहेगी।

ही... ही...ही... ! चल भई टुण्ड, पहुंच जा रिंग में।
मैं...? क्या बक रहे हो फूफा?
ओय बदतमीज, यह क्या तरीका है बात करने का? कुश्ती तो तुम्हे ही लड़नी है।
म... मैं! मैं नहीं लड़ूंगा! रुपए तो तुमने जमा कराए हैं।
मन्ने तो यही समझा था कि तुम लड़ोगे।
तुमसे पूछ कर ही तो कराए हैं। तब क्यों नहीं मना किया था?
यह कैसे लड़ सकते हैं टुण्ड? पहलवान तो तू है।
म...मैं ने लड़ूं फूफी। वह ससुरा बहुत तगड़ा है।
टुण्ड अपनी जान बचाने के लिए वहां से भाग निकला।
ओय! अबे टुण्ड रुक जा!
टुण्ड तो निकल गया, मगर दर्शकों ने हवलदार को पकड़ लिया-
जल्दी करो भाई।
रिंग में पहुंचाओ इसे।
हमें कुश्ती देखनी है।
ओय, छोड़ो!

मगर हवलदार बहादुर को छोड़ा नहीं गया।
हाय! मर गया रे।
धाड़
हीं... ही... ही...! अगर आपने धाकड़सिंह को हरा दिया तो दस हजार रुपये मिलेंगे।
म... मुझे नहीं चाहिए दस हजार रुपये।
हा... हा... हा...! आजा बे मच्छर सिंह, तुझे अभी रगड़ा लगाता हूं।
ओय! तूने मुझे कुछ भी लगाया तो हवालात में सड़ा दूंगा साले।
मगर धाकड़सिंह ने उनकी धमकी की परवाह नहीं की।
ही... ही... ही...!
ओय! छः... छोड़ दे...!
धाड़
मार डाला।
फिर–
हा... हा... हा...!

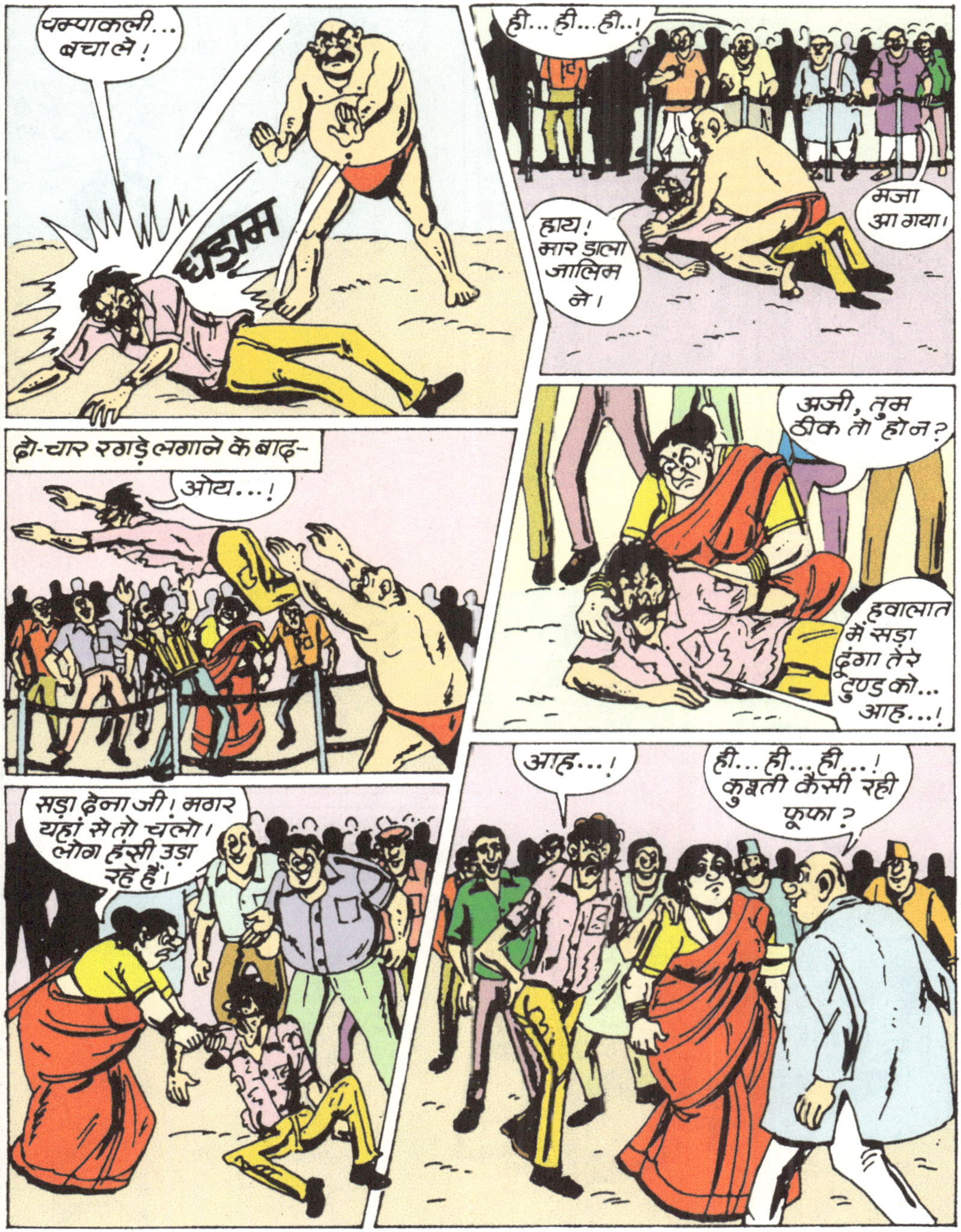
चम्पाकली...
बचा ले !
धड़ाम्म
ही... ही... ही...!
हाय! मार डाला जालिम ने।
मजा आ गया।
दो-चार रगड़े लगाने के बाद–
ओय...!
अजी, तुम ठीक तो हो न?
हवालात में सड़ा दूंगा तेरे टुण्ड को... आह...!
सड़ा देना जी। मगर यहां से तो चलो। लोग हंसी उड़ा रहे हैं।
आह...!
ही... ही... ही...! कुश्ती कैसी रही फूफा ?

दफा हो जा यहां से।
गुस्सा थूक दो फूफा। गलती तो थारी ही थी। मन्ने तो लड़ने को न कहा था, क्यों फूफी?
टुण्ड ठीक कह रहा है जी। तुमने उससे थोड़ी पूछा था कि यह लड़ेगा कि नहीं।
मनोज कॉमिक्स पढ़िए।
देख लूंगा इस टुण्ड के बच्चे को।
उसी शाम घर में-
जब तक किलर झपाटा पकड़ा नहीं जाता, मुझे नौकरी पर बहाल नहीं किया जाएगा। और घर में खाली बैठे-बैठे मैं ऊब चुका हूं।
तो कोई धंधा शुरू कर दो फूफा।
कैसा धंधा?
उस ससुरे डॉक्टर ताबड़-तोड़ को धंधा बढ़िया लगा मन्ने। तुम भी तो ताबड़-तोड़ बन सको हो फूफा।
टुण्ड की बात हवलदार के भेजे में फिट हो गई। उन्होंने फौरन एक बिल्डिंग में फ्लैट किराये पर लेकर धंधा चालू कर दिया।
सूचना। हर समस्या का समाधान केवल पांच मिनट में कराइए। डॉ. फटाफट सिंह।
डॉ॰ फटाफट
ही... ही... ही...! फूफा ने नाम तो बढ़िया रखा है।

भीतर-
ही... ही...ही...! हुलिया तो मैंने बढ़िया बनाया है। बिल्कुल डॉक्टर लगता हूं।
सब ठीक है न फूफा? ही... ही... ही...!
हां, लेकिन अभी तक कोई समस्या का मारा समाधान कराने तो आया नहीं।
सब्र करो फूफा। धंधा जमणे में। कुछ समय तो लागे ही है। और यदि कोई छोटी-मोटी समस्या लेकर आया तो उससे तो मैं बाहर ही निपट लूंगा। ही... ही... ही...!
ठीक है-ठीक है।
कुछ ही देर बाद-
डॉ. फटाफट सिंह भीतर हैं?
फंसा एक मुर्गा।
डॉ. फटाफट सिंह
हे... हे...हे...! आप कोई समस्या लेकर आए हैं?
हां, मेरे दांत में दर्द है।
यह समस्या तो मैं चुटकी बजाते ही दूर कर दूंगा।
तुम?
डॉ. फटाफट

हां, मैं डॉक्टर फटाफटसिंह का चेला हूं। मुंह खोलो।
वां ऽ ऽ ऽ
देख लिया दर्द वाले दांत को।
और–
अ... अरे...
ही... ही... ही... !
आऽऽऽ!
ही... ही... ही... ! अभी हो जावेगा थारी समस्या का समाधान।
ओय ! छोड़ दे।
अभी छोड़ दूंगा।

ऊं... ऊं... ऊं...
ही...ही... ही!
हुई... शा...
मर गया रे...!
शोर सुनकर-
ओय! क्या हो रहा है?
मन्ने याकी समस्या का समाधाण कर दिया है फूफा।
क्यों बे टुण्ड, यह क्या किया?
हाय... ओह... इस पागल ने मेरा दांत निकाल डाला।
समाधाण किया है फूफा। या के दांत में दर्द था। मन्ने खींच दिया प्लास से।
अबे, मैं तुम्हे छोड़ूंगा नहीं। पुलिसमें रपट लिखवाने जा रिया हूं।
ओय टुण्ड। तू ऐसी हरकतें करेगा तो अपना धंधा नहीं चलेगा! आगे से कोई समस्या लेकर आए तो मेरे पास भेजियो।
ठीक है फूफा।

कुछ ही देर बाद-
नमस्ते जी।
कौन हो तुम?
मैं अपने बाप का सताया हुआ एक शरीफ लड़का हूं। आपसे अपनी समस्या का समाधान कराने आया हूं।
अरे तो खड़े क्यों हो? बैठो न। ही... ही... ही...!
क्या आप कुत्ते की दुम सीधी कर सकते हो जी?
क्या मतलब?
मतलब यह कि मैं अपने बाप के सामने यह साबित करना चाहता हूं कि कुत्ते की दुम सीधी हो सकती है।
तो फिर किसी कुत्ते के पास जाओ। उसकी दुम पकड़ कर सीधी करो और अपने बाप को दिखा दो।
मैं खुद कुछ नहीं कर सकता जी। सुनिए, मैं आपको पूरी घटना सुनाता हूं। एक बार मेरे बाप ने मुझे बहुत डांट लगाई...
रंगा, तू एक नम्बर का गधा है। मैं तो तुझे समझा- समझा कर थक गया हूं। बड़े लोग ठीक ही कहते हैं...
...कि भैंस के आगे बीन बजाने से कुछ नहीं होता।

यह बात गलत है। भैंस के आगे बीन बजाने से कुछ तो जरूर होता होगा।
तो जा मर। अब तू भैंस के आगे बीन बजा कर ही देख ले।
अपने बाप का चैलेंज स्वीकार कर मैं बीन लेकर सीधा कल्लू धोबी की भैंस के सामने जा पहुंचा...
ही... ही... ही...! आज मैं अपने बाप की बात को गलत साबित कर दूंगा।
..फिर मैंने जैसे ही बीन बजाई..
पीं SSSई SSSई SSS
फुस्स
फुस्स
ओह! इस पर तो बीन का प्रभाव हो रहा है।
आंय...!
हाय रे...!
धाड़

...मुझे ठोक कर भैंस भाग निकली...
... तभी कल्लू धोबी घर से बाहर आया और...
साले, मेरी भैंस भगा दी।
आह! मर गया।
धाड़
..भैंस और बीन वाली कहावत को गलत साबित करने में मैंने बड़ा कष्ट उठाया है। अतः कुत्ते की दुम वाली बात गलत साबित करने में मुझे आपकी सहायता चाहिए डॉक्टर फटाफट जी।
यह ससुरा तो बावला लगता है। अभी करता हूं इसकी समस्या का समाधान।
ही... ही... ही...! हम तुम्हारी सहायता जरूर करेंगे। जरा ठहरो।
मेज की दराज से हवलदार बहादुर ने एक शीशी निकाली और उसे युवक को देते हुए बोले –
यह लो दवाई। इससे तुम्हारी समस्या का समाधान हो जाएगा।
क्या यह दवाई मुझे पीनी पड़ेगी?
ओय नहीं। इस दवाई को तुम एक लीटर पानी में मिला देना। कुत्ते की दुम को एक मिनट तक उस पानी में डुबोए रखना। उसके बाद जब कुत्ते की दुम को दवाई से निकालोगे तो वह स्कूल मास्टर के डण्डे की तरह सीधी हो चुकी होगी और हमेशा सीधी ही रहेगी। ही... ही... ही...! कैसी रही?

बहुत बढ़िया। क्या पेश करूं आपको?
सिर्फ दो सौ रुपए।
रंगा रुपये देकर खुशी-खुशी वापस लौट गया।
ही... ही... ही...! दो सौ की कमाई हो गई।
कुछ ही देर बाद-
फटाफट जी, मेरी मदद करो... मुझे बचा लो...!
शोर क्यों मचा रिया है बे? यहां बैठ कर बात कर।
बात यह है जी कि मैं अपनी पत्नी से मुक्ति पाना चाहता हूं। वह बहुत मोटी है और मुझे मारती भी है...!
आंय! यह तो मेरी समस्या उठा लाया?
कुछ बोलो न फटाफट जी। मुझे पत्नी से मुक्ति दिला दो। ऐसी मुक्ति कि दोबारा उसकी सूरत नजर न आए।
ठीक है।
ही... ही... ही...! यह रहा समाधान!
बम!

यह बम नहीं है खोते। रॉकेट है।
रॉकेट ?
हां, इसे M-4 कहते हैं। यही तुम्हारी समस्या का समाधान करेगा।
कैसे ?
तुम्हें यह रॉकेट अपनी पत्नी की कमर से बांधना होगा।
कमर से, लेकिन उसकी तो कमर ही नहीं है जी।
क्या मतलब ?
मतलब यह कि वह ऊपर से नीचे तक एक जैसी है। अगर आप से कहा जाए कि अंडे की कमर तलाश करें तो क्या आप कर सकते हैं ?
ही... ही... ही...! तुम बड़े मजाकिया हो यार। खैर, तुम्हारी पत्नी के शरीर का कोई तो ऐसा हिस्सा होगा, जिसमें रस्सी बांधी जा सके ?
ढूंढना पड़ेगा।
तो ढूंढकर रॉकेट की यह बैल्ट उस जगह बांध देना और रॉकेट का रुख आकाश की ओर करके इसमें लगा यह स्विच दबा देना।
फिर क्या होगा ?

होगा यह कि रॉकेट तुम्हारी समस्या, यानी पत्नी को लेकर उड जाएगा और पृथ्वी की कक्षा के बाहर ले जाकर उसे अंतरिक्ष में उपग्रह की तरह स्थापित कर देगा। फिर वह कभी धरती पर वापस नहीं आ सकेगी। कहो, कैसी रही? ही... ही... ही...!
वाह रे मिस्टर फटाफट...!
पुच्च..पुच्च
ओय! क्या कर रिया है? ही... ही...!
हवलदार ने उससे रॉकेट की कीमत दो हजार रुपये वसूल की थी।
धन्यवाद फटाफट जी।
ठीक है- ठीक है। ही... ही... ही...!
कुछ देर बाद-
ओय टुण्ड, अच्छी कमाई हो गई है आज। यह ले सौ रुपए, होटल से बढ़िया खाना ले आ।
हुणी लाया फूफा। ही... ही... ही...!
टुण्ड को गए कुछ ही देर हुई थी कि-
धड़ाम
क...कौन है?
हे... हे... हे... आई एम किलर झपाटा।
यह कहां से आ गया?

तभी-
पीं sss ई sss
उस्ताद! पुलिस यहां भी पहुंच गई है।
फिक्र नॉट चेले। पुलिस से हमें मिस्टर फटाफट बचाएगा।
ओह! तो इसके पीछे पुलिस लगी हुई है, लेकिन यह तो मेरा शिकार है।
अबे ओय! यह दीदे फाड़ कर क्या घूर रिया है? मैं बहुत बड़ा बदमाश हूं। मेरे पीछे पुलिस लगी है। तू मुझे कहीं छुपा दे।
जाकर मेरे संडास में छुप जाओ। ही... ही... ही...!
उंह! गोली मार दूंगा साले! गंदी बात करता है।
तो फिर जहां जी चाहे छुप जाओ।
मैं उस अलमारी में छुप जाता हूं।
झपटा गफील हो जाएगा तुम्हारा। अलमारी में सांस कैसे लोगे?
जरा-सा दरवाजा खुला रखूंगा। वैसे भी पुलिस मेरे इस साथी को नहीं पहचानती। यह तुम्हारे सामने बैठा रहेगा। अगर पुलिस के सामने कोई गड़बड़ की तो यह तुम्हारी खोपड़ी उड़ा देगा।

फिर-
चल बे, बैठ जा आराम से। याद रहे, जरा-सी गलती पर खोपड़ी उड़ा दूंगा।
ठीक है।
दो मिनट बाद ही-
धड़ाक
ओये! क्या है? क्यों अंदर घुसे आ रहे हो?
तमीज से बात करो। हम एक अपराधी को ढूंढ रहे हैं।
अपराधी? मगर यहां तो मैं हूं या यह गुटका है। अपराधी कहां है?
वह इसी बिल्डिंग में आया है!
बहुत खतरनाक है वह। किलर झपाटा नाम है उसका। कई खून कर चुका है।
मगर वह यहां नहीं आया। आप कहीं और जाकर ढूंढो।

जब पुलिस वाले चले गए।
शाबाश! तुमने उस्ताद को बचा लिया।
बचाता क्यों नहीं? तुम्हारे उस्ताद की दुम में मैं खुद रस्सी कसना चाहता हूं न। ही... ही... ही...!
किलर झपाटा ने जैसे ही अलमारी से बाहर आने की कोशिश की हवलदार बहादुर ने मेज के नीचे लगा एक स्विच दबाया—
खट
ओय! अलमारी कैसे बंद हो गई?
मैंने बंद की है। ही... ही... ही...!
तभी हवलदार ने मेज के नीचे लगा दूसरा स्विच दबाया—
खोपड़ी उड़ा दूंगा साले।
खट
अरे!

ही... ही... ही...! वो इलेक्ट्रिक मेगनेट था बेटे।
और यह हवलदारी घूंसा है।
ढिशम
आह!
हे...हे...हे...! एक ही में फ्लैट हो गया साला।
फिर–
अब झपाटा से निपटता हूं।
जैसे ही बाहर निकलेगा, खोपड़ी चटखवा दूंगा साले की।
फिर–
ही... ही... ही...!
धाड़
मगर वास्तविकता यह थी–
ऊई ऽऽऽ!
धाड़

पगला गए हो क्या? तकिया क्यों मारा?
ओय!
हवलदार बहादुर की नींद खुल गई। वास्तव में डॉ॰ फटाफट वाला सारा प्रकरण वह सपने में देख रहे थे।
छ... छोड़ दे! सपना देख रहा था। मैंने तुझे नहीं, किलर झपाटा को मारा था।
हर समय उल्टे-सीधे सपने देखते हो... गुर्र... गुर्र...!
धाड़
थोड़ी देर बाद-
ओय फूफा! मैं दूध लेने बाजार गया था। वहां पता...
...चला है कि कल रात पुलिस ने किलर झपाटा को पकड़ लिया है।
सच!
हां, बिल्कुल सच बोल रिया हूं। मगर तुम क्यों फुदक रहो हो, तुमने तो नहीं पकड़ा उसे? ही... ही... ही...!
इस बार मैंने सच्ची में नहीं पकड़ा तो सपने में पकड़ लिया। बात तो एक ही है, क्यों पाठको?
जितेंद्र बेदी

समाप्त

9789391460334

FCW - #0282 - 061026 - C32 - 210/148/2 - PB - 9789391460334 - Gloss Lamination